はっぱのきつねさん

作・絵　岡本颯子

だれでも
だれかに
であうんだ

きつねくんには
大《だい》すきな　木《き》が　あります。

「こんにちは」

きせつは　夏《なつ》のおわりのころでした。

すると、
風《かぜ》もないのに

くる　くる　くるりん。

はっぱが　いちまい
まいおちてきました。

ぱっ！

はっぱは

女《おんな》の子《こ》のきつねに！！

「こんにちは、

はじめまして」

きつねくんは　その女《おんな》の子《こ》を

《 はっぱのきつねさん 》

と、よぶことにしました。

どうやら　ふたりは、
なかよしになれそう。

夏《なつ》がすぎて
木《こ》のはの　ちる　きせつに
なりました。

きつねくんは　はっぱのきつねさんに、
かんむりと　くびかざりを　つくりました。

ほら
かわいいでしょ？

はっぱのきつねさんは　きつねくんに、
ちょうネクタイを　つくりました。

どうかな
にあってる？

そこで　ふたりは　ダンスです。

秋《あき》は　どんどん　ふかくなって
いきました。

ある日《ひ》
大《おお》きな　北風《きたかぜ》が、

ゴーーーッ！

はっぱという　はっぱを
みんな　はこんでいってしまいました。

どんぐりが　　コ ツ ン 。

「どうしたの？　げんきないね」
と、どんぐりくん。
「ボクさえ　しっかり　手《て》をつないでいれば」
「とんでっちゃったの？」
「はっぱのきつねさんなんだ」
「そうなんだ」
「でも、とっても　すきだったんだ……」

だれでも だれかに あいにいく

きつねくんは　はっぱのきつねさんを
さがす　たびにでました。
さむい中《なか》を　どこまでも　あるきつづけます。

せかいは　まっ白《しろ》　白《しろ》で、
いちまいの　はっぱも　見《み》つかりそうにありません。

やっと　春《はる》がきました。
さいしょに　であったのは　かえるくん。

「はっぱのきつねさん　見《み》なかった？」
「ボク　いま　おきたところ。池《いけ》まで　でかけるんだ」

つぎに　であったのは、
生《う》まれたばかりの　つくしんぼうの　さんきょうだい。
「はっぱって　なあに？」

池《いけ》では　かもさんたちが　大《おお》さわぎ。

「わたしたち　北《きた》へ　かえるところ。
　秋《あき》には　ここに　もどってくるわ。
　はっぱのきつねさんも　もどるかもよ」
「そうそう」
「でも、そういうことは
　森《もり》の　ふくろうさんに　聞《き》くのが　いちばん」

そこで、
きつねくんは　くらい森《もり》に　はいっていきました。

「はっぱのきつねさんを
さがしているんです」

「むかしから　きつねが
ばけるはなしは
聞《き》くけれど、
はっぱが　きつねになるなんて
そんなはなしは　はじめてね。
でも、あたしたちが
ある日《ひ》　ひょっこり
であったように、
あなたも　きっと
いつか　どこかで
その子《こ》に　また　であえるわ」

「ホッホッホーッ。
きみも　いまにわかる。
人生《じんせい》は　そういうものだよ」

「ふぅーん」

お月《つき》さまにも
たずねてみました。

「うーん、
　わたしは　まいにち
　ちきゅうを
　ひとまわりするけれど、
　そんなに　めずらしい子《こ》は
　見《み》たことないなあ。
　いちど
　あってみたいね」

いちばん明《あか》るい
お星《ほし》さまにも
たずねてみました。

「あたしの　ところからは
海《うみ》も　山《やま》も　人《ひと》も　ねこも
みーんな
ちっちゃくしか
見《み》えないからねえ。
はっぱでしょ？
とても　むり」

あたたかい日《ひ》の　花《はな》ばたけでは
ちょうちょさんに　あいました。
「あたしが　すきなのは　花《はな》の　みつ。
　はっぱには　きょうみないの」
「えーっ！？　でも　あおむしさんだったころには……」

「あらっ　そうだった。
そりゃあ　はっぱを　バリバリ　ムシャムシャ
食《た》べたものだった」
「ま、まさか」
「あっ　あんしんして。
あたしが食《た》べたのは
キャベツだけよ」
「ほっ」

せっせと　おしょくじ中《ちゅう》の　くもさん。
「オレは　いつでも　ここで　あみをはって、
　おきゃくさん　まってるからね。
　はっぱは　よく　かかるよ。
　あみを　こわすんで　めいわくしてる。
　でもね、そんな　はっぱは　しらないな」

おかの上《うえ》には
いっぽんの　のっぽの木《き》。
きつねくんは
大《おお》きな声《こえ》で　たずねました。

「ずいぶん　長《なが》いこと
　ここに　立《た》っているんでしょうね」
「かぞえられないくらい」

「ずいぶん　いろんなものを
　見《み》たんでしょうね」
「おぼえて
　いられないくらい」

「ずいぶん　とおくまで
　見《み》えるんでしょうね」
「せかいの　はての
　もっと　むこうまで」

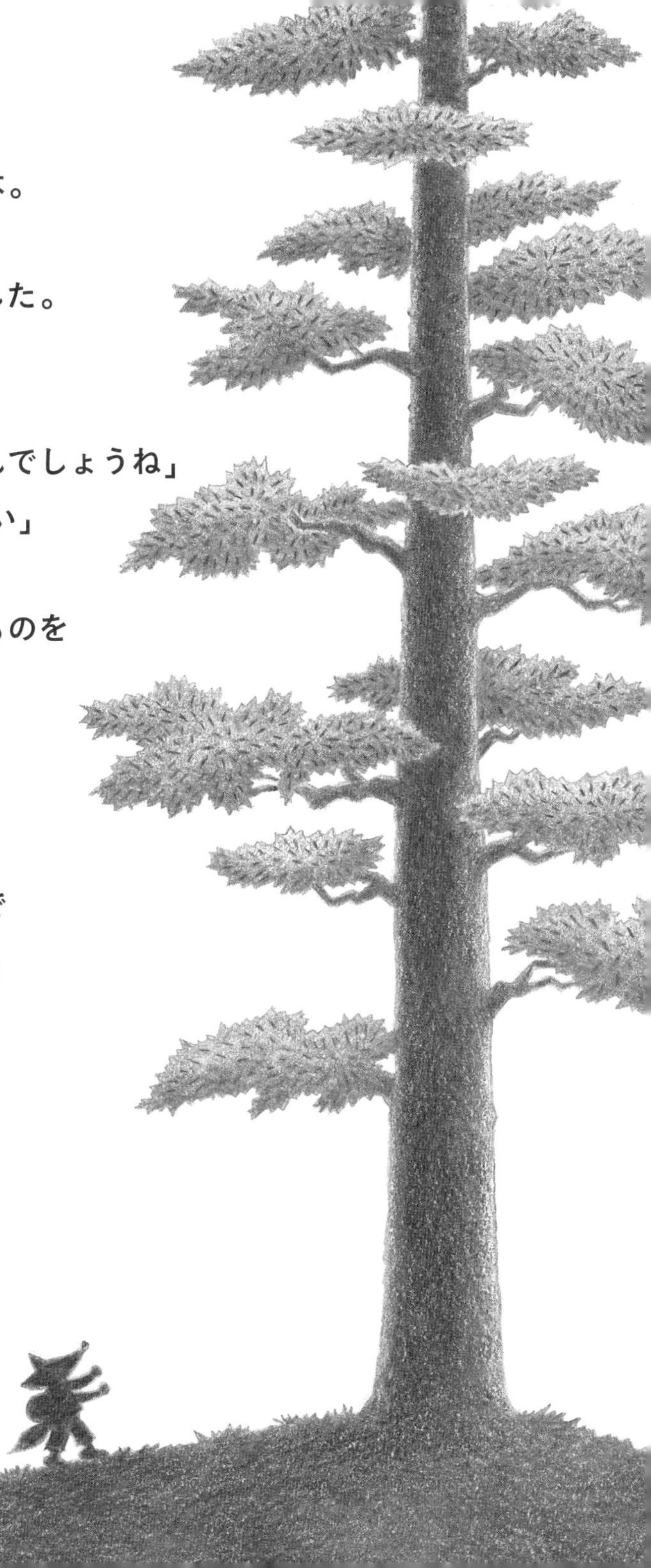

「きみは　ひとりで　たびを？」
「はい。たいせつなものを
　さがしているんです」
「ほぉ　風《かぜ》に　とばされたのか。
　それなら　風《かぜ》に
　聞《き》いてみるといい」
「風《かぜ》さんには　どこへいけば
　あえますか？」
「わたしを
　上《うえ》へ上《うえ》へ
　のぼっていってごらん。
　いろんな風《かぜ》が　とおるから」

とちゅう、
ずいぶん　にぎやかだとおもったら
からすの赤《あか》ちゃん。

「ボクは　きみたちの　お母《かあ》さんじゃないよ――っ」

「カア――――ッ！！
　あたしの　かわいい子《こ》たちに　なにするのっ」
かえってきた　からすのお母《かあ》さんに
しかられてしまいました。
「イテテテテ……」

てっぺんに　つくと
風《かぜ》さんが　やってきました。

「風《かぜ》はねえ、
なんでもかんでも
はこぶのが　しごとなのさ。

みんな　どこかへ
とんでゆけ——っ。
ピュ————ッ！
て　かんじさ。

きみも　どこかへ
とばしてやろうか」

風《かぜ》さんが　いってしまうと
そこには　広《ひろ》い広《ひろ》い　せかいが。

「きみは　どこにいるの？」

のはらに　ねころんでいると
白《しろ》い雲《くも》が　はっぱのきつねさんに　見《み》えました。
でも　すぐに　すがたをかえて　きえてしまいます。

と、「どうしたの」という声《こえ》。
たんぽぽのわた毛《げ》くんです。
「ボク、これから　たびにでるところ。
　いっしょに　いこうよ」

きつねくんは　わた毛《げ》くんと
たびを　つづけることに
なりました。

あるきながら
道《みち》さんにも　たずねてみます。

「その子《こ》　かわいいのかい？
　じゃ　ここを
　とおっていれば、
　オイラ、ぜったい
　おぼえているけどね」

そして
だれかと
また　であう

おがわの　ながれる　森《もり》につくと、
たんぽぽのわた毛《げ》くんが
空《そら》から　フワーリと　おりてきました。

「ボク、ここが　気《き》にいった。ここに　きめた」

きつねくんも　あたりを見《み》わたして、
「うん、ここは　とってもいいところだ。
　ボクも　気《き》にいったよ」

すると……

「あっ！！」

おがわの　むこうぎしに　はっぱのきつねさんが！
きつねくんは　もう　ドキドキ。

「や、やあ。ひさしぶり〜〜〜っ」
「こんにちは、はじめまして」

……はじめまして？

「ヨイショ　ヨイショ」

きつねくんは　たおれていた　木《き》をはこんでくると、
ふたりのあいだに　はしを　かけました。

「きみ、はっぱのきつねさんでしょ？」
その子《こ》は　首《くび》をふって　ニコニコするだけ。
「ちがうんだ……」

でも　きつねくんは　その子《こ》のことが
すきになりました。

その森《もり》には
大《おお》きな　うろのある
古《ふる》い古《ふる》い　かしの木《き》が　立《た》っていました。

ふたりが
冬《ふゆ》を　すごすには
ちょうどいい
大《おお》きさです。

それに
森《もり》は
とても　ゆたか。

ふたりは
とっても　なかよし。

さあ　ふたりの　家《いえ》づくりの　はじまりです。

山《やま》ぶどうの　つるを　とったり
おれた　えだを　ひろったり
木《き》の　かわを　はいだり。

いすも　つくえも　ドアもつくりました。

秋《あき》のうちに　やっておくことは　いっぱいあります。
大《おお》きな　ハンモックづくりにも　ちょうせんです。

ふたりとも　なかなか　じょうずでしょ？

だいじなドアも　しっかりと　つけました。

食《た》べものの　よういも
ぬかりありません。

すすきの　ほも、たくさん　とってきました。
いったい　なにに　つかうのでしょう。

しずかに　冬《ふゆ》は　ちかづいてきます。

とうとう
北風《きたかぜ》が　ふきはじめました。
「あぶない　あぶない！！」
ふたりは　ドアを
しっかりと　しめました。

ふたりの　家《いえ》の中《なか》のようすは　こんなです。
ハンモックは　あたたかい　すすきの　ほで　いっぱい。

雪《ゆき》のふる夜《よる》は、かしの木《き》さんの
それはそれは　おもしろい　ものがたりを　聞《き》きながら
ねむりました。

長《なが》い長《なが》い　冬《ふゆ》です。

ドアを　あけてみると
外《そと》は　いつのまにか　春《はる》。

おがわのほとりの
たんぽぽくんが
「こんにちは。ひさしぶり」

すると、
風《かぜ》もないのに　はっぱが　いちまい
くる　くる　くるりん。

きつねのぼうやが
「コ　ン　ニ　チ　ハ」

ある　はれた日《ひ》のこと。
たんぽぽのわた毛《げ》くんは
空《そら》の　たびに　とびだしました。
きつねくんたちは　みんなで　お見《み》おくり。

げんきでねー！

作・絵　**岡本颯子（おかもと さつこ）**
絵本作家。
自作の絵本に『おおかみはおんなのこがすき』『りっぱなどろぼうというものは』
『いつでもおなかがペッコペコ』（以上、ポプラ社）、『僕はひとりぐらしのきつねです』（白泉社）、
『ふしぎなじどうはんばいき』（ＰＨＰ研究所）など。
あかね書房での仕事に、こまったさんが活躍する「おはなしりょうしきょうしつ」（寺村輝夫・作）のほか、
「くいしんぼうチップシリーズ」「きょうりゅうほねほねくんシリーズ」（ともに、すえよしあきこ・作）がある。
ほかに「かぎばあさんシリーズ」（手島悠介・作、岩崎書店）など、多数の作品を手がけている。

すきっぷぶっくす・7
はっぱのきつねさん　作・絵　**岡本颯子**

2014年8月8日　第1刷発行

発行者　岡本光晴
発行所　株式会社あかね書房
〒101-0065　東京都千代田区西神田3-2-1
電話　03-3263-0641（営業）　03-3263-0644（編集）
http://www.akaneshobo.co.jp
印刷所　株式会社精興社　　製本所　株式会社ブックアート

ISDN978-4-251-07707-3
C8393　NDC913　72p　22cm
落丁本・乱丁本はおとりかえいたします。
定価はカバーに表示してあります。